병아리 외계인

동시향기 14

병아리 외계인

1판 1쇄 인쇄│2025년 1월 3일
1판 1쇄 발행│2025년 1월 9일

지은이│박수열
그린이│백명식
펴낸이│이상배
펴낸곳│좋은꿈
디자인│김수연

등록│제396-2005-000060
주소│경기도 고양시 일산동구 장백로 26, 103동 508호
      (백석동, 동문굿모닝힐 1차) (우)10449
전화│031-903-7684 팩스│031-813-7683
전자우편│leebook77@hanmail.net

ⓒ 박수열, 백명식, 좋은꿈 2024

ISBN 979-11-91984-60-6 73810

블로그·네이버│blog.naver.com/leebook77│인스타그램·leebooks77

＊좋은꿈-통권 109-2025-제1권

어린이제품안전특별법에 의한 제품 표시
제조자명 좋은꿈 | **제조년월** 2025년 1월 | **제조국** 대한민국 | **사용연령** 8세 이상

병아리 외계인

박수열 동시 | 백명식 그림

좋은꿈

오늘도 보물 하나

오늘 아침에 보물 하나 찾은 이야기 하나 들려줄게요.

노랗게 얼굴을 내민 아침 해를 안고 학교에 오는 길이었어요. 교문 앞 작은 집 마당에서 엄마 고양이가 갓 태어난 고양이 세 마리를 안고 털을 핥고 있었어요. 그 모습이 신기해서 발걸음을 멈추고 조용히 구경했답니다. 그러다 문득 오래전 어머니가 나를 안고 찍은 돌 사진이 생각났어요. 아침 햇살처럼 기분이 좋았답니다. 나에게 그 고양이 가족은 그 옛날 우리 어머니를 만나게 해 준 고마운 보물인 셈이지요.

여러분도 각자 소중하게 여기는 보물 하나쯤 가지고 있을 거예요. 생일에 받은 멋진 선물들, 나를 사랑하는 가족들, 우리 집 예쁜 강아지, 내 마음을 알아주는 선생님, 나의 단짝 친구, 미술대회에서 받은 상장 등 화려하고 값진 물건과 나와 친한 사람들 모두가 소중한 보물이지요. 하지만 이 선생님은 다른 곳에도 보물이 더 없는지 생각을 해 보았어요.

'눈으로 진짜를 다 볼 수는 없다'는 말이 있지요.

예쁘지 않은 작은 선물, 다리를 다친 길고양이 그리고 구석에 핀 애기똥풀, 벌레 먹은 풀잎 하나, 매일 밟히는 모래알 같은 것들에도 보물이 숨어 있지 않을까 하는 생각이 들었어요. 오늘 아침에 고양이 가족을 보고 보물 같은 엄마의 사랑을 느낀 것처럼 말이에요.

그래서 그동안 여기저기서 발견한 보물을 담아, 어린이를 위한 시로 표현했어요.

여러분도 시를 읽으며 나름대로 떠오르는 생각이나 느낌이 있다면 그것 모두가 자기만의 보물이 된답니다. 아니, 시를 읽고 생각이나 느낌이 떠오르지 않아도 돼요. 마음을 열고 보물을 찾아가는 우리 자신이 이미 보물이니까요.

2025년 겨울

지은이 박수열

차 례

1부
아빠가 우는 날

수박 가게 ···16

군인 가족 ···18

누가 더 좋아? ···19

아빠처럼 ···20

방앗간 참새들 ···21

엄마 소원 ···22

겨울 동화 ···23

똥강아지 ···24

시계가 다른데 ···25

엄마 신분증 ···26

가을 팔아요 ···27

아빠가 우는 날 ···28

우리말 나들이 ···29

비밀 유지 ···30

2부
그냥 말해 주세요

발표 시간 … 34

진짜 공약 … 35

산골 학교 … 36

방학하는 날 … 38

그냥 말해 주세요 … 39

부처님 오신 날 … 40

수학 시간 … 41

반장 된 날 … 42

8월 운동장 … 44

오늘 같은 날은 … 45

축구 하는 날 … 46

한눈팔기 … 48

졸업식 … 49

운동장이 불러요 … 50

3부
도토리 키 재기

도깨비바늘 ···54

꾸러기들 ···56

개미 소풍 ···57

바람 그네 ···58

복날 ···60

나방은 나비는 ···61

백일홍 ···62

새내기들 ···63

가을 동화 ···64

해바라기 ···65

도토리 키 재기 ···66

감기 바이러스 ···68

내 새끼들 ···69

강아지풀 ···70

4부

들켰다

땡감 하나 ··· 74

연두와 노랑 ··· 76

봉숭아 ··· 77

일요일 ··· 78

병아리 외계인 ··· 80

씨앗 ··· 82

오늘까지만 ··· 83

들켰다 ··· 84

길가에서는 ··· 85

얼마나 좋았으면 ··· 86

애기똥풀 ··· 87

옥탑방 ··· 88

괜찮아 ··· 89

별들이 사라진 이유 ··· 90

도움말|이화주
　아이들을 세상의 중심에 두는 시인 선생님 ··· 92

1부
아빠가 우는 날

고식이네 고추
빛깔 참 곱다

참미네 참깨
냄새 참 고소하다

고운이네 들깨
모양 참 이쁘다

5일마다 방앗간에
수다쟁이 할머니들.

　- '방앗간 참새들'

수박 가게

군인 가족

누가 더 좋아?

아빠처럼

방앗간 참새들

엄마 소원

겨울 동화

똥강아지

시계가 다른데

엄마 신분증

가을 팔아요

아빠가 우는 날

우리말 나들이

비밀 유지

수박 가게

그냥 보면 될걸
꼭 남의 엉덩이를 살핀다

이제 그만 사면 될걸
꼭 남의 아마에 꿀밤을 먹인다
그것도 두 대씩

지켜보던 가게 할머니
밴드 붙여 주며 네 글자 적었다

"잘 이거슴."

군인 가족

나만 빼고
우리 가족은 모두 군인이다

누나 방에는
총알 배송 상자가 가득하다

엄마는 옷장 속에
배송된 로켓을 숨겨 놓았다

아빠 무기가 있는 곳은
우리도 모른다
가끔
빨간 얼굴로 오시는 날이면
엄마 귀에다 속삭인다

"오늘 대폿집에 다녀왔어요."

누가 더 좋아?

다섯 살 생일에

떡볶이 만들며 엄마가
"엄마가 더 좋아, 아빠가 더 좋아?"

장난감 내밀며 아빠가
"아빠가 더 좋아, 엄마가 더 좋아?"

−음…, 그런 말 안 하는 사람!

아빠처럼

아들아

넌 열심히 공부해서
나처럼 살지 마라
알았지?

아니

난 열심히 공부해서
꼭 아빠처럼 살 거야.

방앗간 참새들

고식이네 고추
빛깔 참 곱다

참미네 참깨
냄새 참 고소하다

고운이네 들깨
모양 참 이쁘다

5일마다 방앗간에
수다쟁이 할머니들.

엄마 소원

감기 걸려
병원에 가는 날

"공부 못 해도 좋아.
건강하게만 자라 다오.
엄마 소원이야."

엄마를 위해서
매일 자전거를 탔지

내 친구 영재네 집 다녀온 엄마
"제발 공부나 좀 해라.
엄마 소원이다."

엄마를 위해서
자전거를 타야 하나
공부를 해야 하나.

겨울 동화

아침 기온이
영하로 내려간
진짜 겨울날

흰 눈이
찬 바람이
뾰족 고드름이
서로 먼저 왔다고
다투던 날

아기들 콧물 속에
숨어든 작은 겨울들이

콜록콜록
소아과 병원에
다 모였다.

똥강아지

오랜만에
할머니 집에 갔다

"어이구, 내 똥강아지 왔구나."

다음에 올 땐
잘 보이는
안경 사 드려야겠다.

시계가 다른데

텔레비전 보던 엄마
벽에 걸린 시계를 보며

-10분밖에 안 남았는데 학원 가야지

컴퓨터 앞 내 동생
모니터에 달린 시계를 보며

-10분이나 남았잖아요.

엄마 신분증

비 오는 운동장
기우뚱 우산 하나

오른팔 흔들흔들
우리 엄마 손 인사

왼쪽 다리 뒤뚱뒤뚱
우리 엄마 달리기

엉덩이 실룩실룩
우리 엄마 꽃 미소

나를 부르지 않아도
내가 대답하지 않아도

틀림없는 내 엄마
나만 아는
우리 엄마 신분증.

가을 팔아요

골목길 은행나무 아래
비뚤비뚤 노란 간판 걸고
할머니의 작은 시장이 열렸다
'가을 팔아요'

애는
살랑바람 간지럼에 배꼽 빠진
주근깨 돌배이고요

이 녀석은
햇살 아래 온종일 놀다 온
볼 빨간 사과랍니다

참,
밤마다 달 흉내 놀이에 볼록해진
엉덩이 호박도 있어요

미안하지만
이 포도는 못 팔아요
오늘 우리 손자들이 온대요.

아빠가 우는 날

부엌에서

양파를 까던 아빠가
눈물을 흘린다

엄마가 제일 좋아하는
카레 밥을 만들며

일 년에 딱 하루
엄마 생일이면

엄마는 웃고
아빠는 우는 날.

우리말 나들이

기차가
안동역에 잠시 쉬었다
여가 게라?

여는 아이라

게다 마는?

아이라 카이!

* 여기가 거기 맞아?
* 여기는 거기가 아니야.
* 맞는데 뭘?
* 아니라니까!

비밀 유지

1단계
"친구야, 비밀인데…."
이 방법은 무조건 실패다
내일이면 친구들 다 알고 있다

2단계
"이건 절대 비밀이야!"
이것도 마찬가지 별로다
며칠이면 전교생이 다 안다

3단계
"너한테만 말하는 거야."
그럴듯하지만 자기도 속는다
친구들은 알면서 눈빛으로 주고받는다

4단계
제일 좋은 방법이 있긴 한데…
이건 너한테도 비밀.

2부
그냥 말해 주세요

등굣길에 만났던
아기 고양이 두 마리

-자, 문제 나갑니다
고양이 두 마리에서
한 마리를 빼면?

정답은 알겠는데
나의 대답은
"안 돼요."

  -'수학 시간'

발표 시간

진짜 공약

산골 학교

방학하는 날

그냥 말해 주세요

부처님 오신 날

수학 시간

반장 된 날

8월 운동장

오늘 같은 날은

축구 하는 날

한눈팔기

졸업식

운동장이 불러요

발표 시간

저요 저요, 발표 시간
나도 손을 들었지
마음으로만

집에 와서 이불 덮고
"저요 저요."
큰 소리 내면서
발표했어

선생님, 들으셨지요?
내일은
꼭 손들고 발표할게요.

진짜 공약

"기호 5번입니다.
저는 다른 후보들의 공약에 없는 공약을
지키겠습니다."
공약이 궁금해서 반장으로 찍었다

언제부턴가
도움반 친구와 함께 다니는 반장을 보았다

그 공약이 무엇인지 알겠다.

산골 학교

오랜만에
꿀잠을 잤다
꿈속에서 새처럼
하늘도 날았다

반장 선거를 앞두고
어제 민지가 전학 왔다

이제 우리 반은 다섯 명

졸업할 때까지는
내가 반장 안 해도 된다.

방학하는 날

햇살이
쏟아지는
7월의 운동장

새까만
눈알 굴리며
달아나는 꽃게들.

그냥 말해 주세요

"정답이 뭘까요?"

－몰라요

"그럼, 이렇게 하면?"
－그래도 모르겠어요

"자, 이제는 알겠죠?"
－묻지 말고 그냥 말해 주세요
선생님은 미리 공부하고 오신 것
우리 다 알아요.

부처님 오신 날

나는
'부처님 오신 날'이 좋다

이번에 부처님 오시면
꼭 하고 싶은 말이 있다

일 년에 한 번만 오지 말고
한 달에 한 번씩 와 주세요

그리고
달력에 빨간 날은
절대로 오시면 안 돼요.

수학 시간

등굣길에 만났던
아기 고양이 두 마리

–자, 문제 나갑니다
고양이 두 마리에서
한 마리를 빼면?

정답은 알겠는데
나의 대답은
"안 돼요."

반장 된 날

수업 끝나기가 무섭게
언제나 먼저 내달리던 민규가
오늘은 복도에서 사뿐사뿐 걷는다

과자 봉지 뒹굴어도
그냥 밟고 지나가던 민규가
오늘은 운동장 쓰레기를 다 주웠다

떡볶이 가게에서
자기 말만 하던 민규가
오늘은 웃으며 가만히 들어 준다

오늘은 민규가
반장 선거 당선된 날이다.

8월 운동장

아이 심심해
애들은 언제 오는 거야
여름방학 다 끝나 가는데

하얀 풍선 곧 터지겠네
민들레꽃, 입이 삐죽

꽃반지 다 시들겠다
토끼풀꽃, 고개 삐죽

그럼 내가 물어 볼까
강아지풀, 꼬리 안테나
하늘 향해 이리저리

8월 어느 날
운동장 놀이터 그늘 아래
심심한 풀꽃 삼총사.

오늘 같은 날은

어젯밤에
동생 숙제 봐 주느라
늦잠 좀 잤지

학교에 뛰어가다
발목 다친 친구를 만나
함께 걸었어

교실 앞에선
흐트러진 친구 신발 정리하느라
또 지각했지 뭐야
그래도 한 번쯤
꼴찌도 칭찬받으면 안 되나
오늘 같은 날은….

축구 하는 날

선생님께 야단맞은 날

공이 쌩쌩 잘 날아간다

수비수인 내가 두 골이나 넣었다

축구 하는 날은
선생님께 야단 좀 맞아야겠다.

한눈팔기

창문 너머 문방구에
최신 물총이 대롱대롱

-어디를 보는 거야
한눈팔면 안 돼요

몰라요
두 눈이라도
팔았으면 좋겠어요.

졸업식

빛나는 졸업장
꽃다발 한 아름씩

우리는 웃음바다
선생님은 눈물바다

왜 우시는지 알겠다

선생님은
언제 졸업하시나.

운동장이 불러요

선생님,
어떡해요?
운동장이 불러요

        하지만
        안 되지요?
        글공부 시간인데

        나가자
        바깥 교실로
        오늘 글감은 운 동 장.

3부
도토리 키 재기

수박밭
원두막 그늘 아래

시퍼런 칼날 맞고
"쩍."

벌어진
빨간 두 궁둥이.

  -'복날'

도깨비바늘

꾸러기들

개미 소풍

바람 그네

복날

나방은 나비는

백일홍

새내기들

가을 동화

해바라기

도토리 키 재기

감기 바이러스

내 새끼들

강아지풀

도깨비바늘

아이들 오는 소리 들리지?
떠날 기회는 딱 한 번이야
엄마가 다시 일러 줄게

바지에 닿는 순간 콕 찔러
너무 아프게 하지는 말고
아이들은 우리의 친구니까

풀밭에 발걸음 멈추면
누군가 바늘을 뽑아 줄 거야
하지만 죽은 척해야 해

밤이 되고 아무도 없을 때
"도깨비 되어라, 뚝딱."
하고 변신하는 거야

꼭 명심할 게 있어
잠시 바늘처럼 살고 있지만
누가 뭐래도 우린 도깨비란다.

꾸러기들

어젯밤

한잠도 못 잤다

뒷동산

봄 꾸러기들이

밤새 떠들어서.

개미 소풍

앞뒤 간격 딱 맞네
수학 공부도 안 한 것들이

하얀 아기들 무등도 태웠어?
도덕 공부도 안 했을 텐데

줄은 정말 잘 섰다
체육 공부도 안 했다면서

음악 공부는 진짜 안 했군
소풍 가면서
노래도 안 부르는 걸 보면.

바람 그네

갈바람 타고
아기 단풍 하나
거미줄에 앉았다

땅거미 올 때까지
바람 그네 탄다

게으름뱅이
가을 한 조각이
놀고 있다.

복날

수박밭
원두막 그늘 아래

시퍼런 칼날 맞고
쩍

벌어진
빨간 두 궁둥이.

나방은 나비는

나방은
앉을 곳을 찾아
날아다니고

나비는
날아갈 곳을 찾아
잠깐 앉아 있고.

백일홍

꽃잎을 세었다

백 일 동안 핀다면
꽃잎도 엄청 많을 테지

어제까지 213개였는데
오늘 아침 두 장 더 늘었다

하나둘 세다가
내 웃음꽃도 자꾸 늘어난다.

새내기들

빼꼼 열린 봄

색 바랜 단풍잎 아래
높이뛰기 꼬마 선수들

겨울 훈련을 마치고
봄비의 신호를 기다리는
연둣빛 꼬마 선수들.

가을 동화

산골짜기 작은 연못

솔바람이 물안개 걷고

도토리 하나 떨어져

물 단추 누르면

밤새 그려 놓은

오색 가을이 살랑거린다

그림 제목은

'움직이는 가을 동화'.

해바라기

품 안에 아기가
벌써 백 명이 넘는데

더 이상 키울
아기방도 없는데
벌써 뱃속이 간질간질

참매미 울다 간
여름 햇살 아래서
까만 아기 씨 하나가
노란 배꼽에서
또 배시시….

도토리 키 재기

굴참나무 도토리
내 키가 더 크지
배꼽만 볼록

갈참나무 도토리
내 키가 더 크지
얼굴만 보름달

떡갈나무 도토리
내 키 정도는 돼야지
엉덩이에 털만 숭숭

시끄러워 죽겠네
내려가서 놀아!

엄마한테 꿀밤 맞고 떨어진 도토리들

나뭇잎 돗자리 깔고
오늘도 도토리 키 재기.

감기 바이러스

여름에 너무 더워서
콧구멍 그늘에 들렀다가
콧물에 실려 쫓겨나고

겨울엔 너무 추워서
목구멍 동굴에 숨었다가
재채기 한 방에 쫓겨났다

자꾸 나대니까 그러지
그냥 얌전하게 있었으면
안전 보장할 텐데.

내 새끼들

복순 할머니 텃밭에
빈 유모차 졸고 있다

서울 손녀 눈망울 닮은
아침 이슬이 앉았다 가고

대구 손자 입방정 닮은
참새들이 떠들다 가면

빨간 노을 물든
할머니 유모차에
호박 두 개 앉았다

노란 가을 두 덩이

"애고, 이쁜 내 새끼들⋯."

강아지풀

겁쟁이 강아지들

지난여름이 얼마나 더웠으면

바람이 놀자고 흔들어도

달빛이 엉덩이 만져도

개울가에 납작 엎드려

꼬리만 살랑살랑.

4부
들렸다

땅속에서
겨울 내내 듣던 노래가
얼마나 좋았으면

고개 내민 새싹마다
아직도 이어폰 두 개씩 달고 있나.

  -'얼마나 좋았으면'

땡감 하나

연두와 노랑

봉숭아

일요일

병아리 외계인

씨앗

오늘까지만

들켰다

길가에서는

얼마나 좋았으면

애기똥풀

옥탑방

괜찮아

별들이 사라진 이유

땡감 하나

벌써 며칠째
찬 바람을 보내 흔들고 달래 보아도
감나무 끝에 매달린 땡감 하나
도무지 내려올 생각이 없어
가을을 더 붙들고 싶은 게지

그깟 땡감 하나 때문에
겨울은 자존심이 상했어
계획대로라면 내일은 첫눈을 뿌려야 하거든
겨울은 생각 끝에 땡감 달래기는 포기하고
그냥 눈을 뿌리기로 했어

드디어 함박눈 내린 이른 아침
가지 끝 땡감은 어디론가 사라졌어
겨울은 땡감이 궁금해서 이리저리 찾았지

그런데 글쎄 이 땡감 녀석이
감나무 아래에 콜콜 잠이 들었지 뭐야
하얀 눈 이불을 잔뜩 덮고 말이야

어휴, 그냥 두자
새봄이 오면 알아서 깨어나겠지.

연두와 노랑

풀잎에 안긴 연두는
한 살 아기 눈에
첫봄

은행잎에 앉은 노랑은
여든 살 할머니 가슴에
또 봄.

봉숭아

여름내 남몰래
볼 가득 모았는데

아침 가을비 간지럼에
기어이 터져 버린
초코 볼 주머니

톡, 토독 톡.

일요일

아침 참새들
떠드는 소리에
실눈 살짝 떴다가
그냥 다시 감았다

내 등에 찰싹 기대어
쿨쿨 잠든 지구가
일요일만이라도
늦잠 좀 자게.

병아리 외계인

저것 봐,
내 말이 맞지
풀밭 속 달걀 우주선에서
또 한 녀석이 나오잖아

저게 위장이야?
봄날에 털옷이라니
그래도 샤워는 했네

틀림없어
병아리 흉내 낸 외계인들이야
새까만 눈알 굴리며 두리번거리잖아

저런 바보들
요즘 병아리는
부화 공장에서 만드는 걸 모른다니까.

씨앗

꽃망울 흔들던
봄바람을 달래고

수박 속 달구던
여름 햇살 끌어안고

높은 하늘 물들이던
파란 가을 담뿍 담아

새봄을 기다리며
겨울잠 들었다

고 작은 것이….

오늘까지만

무승부 두 번
오늘은 결승전

"어디 한번 해 보자."

분홍 투구 삼베 갑옷
호미 날 휘두르며
콩밭 매던 할머니

개망초, 민들레, 강아지풀 묶어
꽃다발 한 아름 만들었다

"오늘까지만 봐준다."

들켰다

소풍 가는 날

전깃줄에 매달린
참새 여덟 마리

'오늘, 꼬치 사 먹어야지.'

생각만 했는데
빈 줄만 남기고
포르르 다 날아갔다

어떻게 알았지?
내 마음을.

길가에서는

저것 봐
건너편 길가 은행나무들
팔이 다 잘려 나갔어

그것 봐
아무리 반가워도
길가에선 손 흔들지 말랬지

자동차들은
우리의 손 인사를 싫어해
태워 달라는 줄 아니까

명심해
팔이 다시 자라나도 도로에서는
나처럼 목 인사만 하는 거야.

얼마나 좋았으면

땅속에서
겨울 내내 듣던 노래가
얼마나 좋았으면

고개 내민 새싹마다
아직도 이어폰 두 개씩 달고 있나.

애기똥풀

나보고
애기똥풀이래

엄마한테 물어 봐도
엄마가 지어 준 이름이 아니래
친구들한테 물어 봐도
자기 똥하고 닮지 않았대

오해는 마
내 이름이 싫은 건 아니야

어린이가 되어도
어른이 되어도
난 언제나 예쁜 애기니까

이다음에 엄마가 되면
내 아기는
'또애기똥풀'이라고 불러야지.

옥탑방

'세입자 구함'
쪽지 붙은 옥탑방 처마에
아기 딱새 다섯 마리가 태어났다

이삿짐 챙기는 정아 엄마
"너희들은 여기서 오래오래 살아라."

아기 품은 아빠 딱새
"돈 많이 벌어 꼭 돌아오세요."

괜찮아

하굣길
아파트 현관 옆 화단에
키다리 앵두나무

올해도
가지치기 아저씨한테
긴 팔 두 개를 또 잃었다
친구랑 다투고 온
내 마음 한 모퉁이도 잘렸는데…

괜찮아, 앵두야
그래도 6월이면 꽃이 필 거야
나도 내일이면 다시 일어날 거야.

별들이 사라진 이유

사람들이 만든 별이
하나씩 켜지면

하늘이 만든 별들은
하나씩 꺼진다.

도움말

이화주(동시인)

아이들을 세상의 중심에 두는 시인 선생님

《병아리 외계인》은 박수열 시인 교장 선생님의 첫 동시집이에요. 나는 귀한 첫 동시집의 첫 독자가 되어 동시집을 읽었어요. 읽고, 또다시 읽었어요. 읽을수록 마음이 따스해지는 걸 느꼈답니다. 엄마가 갓 지은 김이 모락모락 나는 따스한 밥상 같아요.

박수열 시인은 이번에 첫 동시집을 내지만 30년 더 전부터 아이들과 동시를 썼답니다. 아이들의 '동시 일기'를 지도하면서 동시의 매력을 알게 되고 행복했다고 합니다. 한 반이 다섯 명인 산골 학교 선생님도 했답니다. 그런데 시인 선생님이 맡았던 학생은 다섯 명인데 아이들의 친구는 50명 100명도 더 되는 학교가 된답니다. 개미, 풀꽃, 새, 나무 모두 모두 친구가 된답니다. 시인 선생님이 세상을 바라보는 방식, 세상을 사랑하는 방식이 다르기 때문이에요. 그럼 교사 때부터 교장 선생님이 되신 뒤까지 멈추지 않고 동시를 쓰며 아이들을 사랑한 박수열 시인님의 동시집 속으로 들어가 볼까요.

웃음 씨앗을 깨우는 익살과 반전

다섯 살 생일에

떡볶이 만들며 엄마가
"엄마가 더 좋아, 아빠가 더 좋아?"

장난감 내밀며 아빠가
"아빠가 더 좋아, 엄마가 더 좋아?"

−음…, 그런 말 안 하는 사람!

−'누가 더 좋아?' 전문

아들아

넌 열심히 공부해서
나처럼 살지 마라
알았지?

아니

난 열심히 공부해서

꼭 아빠처럼 살 거야.

–'아빠처럼' 전문

'익살'이란 남을 웃기려고 일부러 하는 우스운 말이나 행동을 뜻하는 말이랍니다. 박수열 시인의 동시 〈누가 더 좋아?〉와 〈아빠처럼〉을 읽으면 웃음이 저절로 난답니다. 시 말 속에 잠들어 있던 웃음 씨앗이 눈을 반짝 뜨고 웃음꽃으로 피어나는 것 같지요. 다섯 살 생일에 떡볶이 만들며 엄마가 "엄마가 더 좋아, 아빠가 더 좋아?" 묻는다면 어떤 대답을 할까요? 장난감 내밀며 아빠가 "아빠가 더 좋아, 엄마가 더 좋아?" 묻는다면 어떤 대답이 나올까요? '아빠' '엄마' 아니면 '두 사람다 좋아' 이런 대답을 기대하겠지요. 그런데 독자의 예상을 보기 좋게 뒤집는 "–음…, 그런 말 안 하는 사람!" 푸하 웃음이 나오나요?

동시 〈아빠처럼〉도 그래요. 우리의 웃음을 불러내는 동시예요. "아들아//넌 열심히 공부해서/나처럼 살지 마라/ 알았지?//아니//난 열심히 공부해서/꼭 아빠처럼 살 거야." 삶에 지친 아빠가 아들에게 말해요. 넌 열심히 공부해서 아빠처럼 살지 말라고, 아들은 뻔한 정답 대신 예상을 뒤집는 대답을 하네요. 아들이 생각하기에 아빠는 충분히 잘살고 있다고 깜

찍한 대답을 합니다. '반전' 거꾸로 뒤집기, 물구나무 세우는
대답이에요.

이런 '익살'과 '반전'으로 웃음을 불러내는 동시들이 많답니
다. 〈군인 가족〉, 〈애기똥풀〉, 〈오늘까지만〉, 〈우리말 나들
이〉, 〈수박 가게〉도 재미있고 웃기는 데가 있는 동시예요.

바로 '내'가 이 세상의 중심

아침 참새들
떠드는 소리에
실눈 살짝 떴다가
그냥 다시 감았다

내 등에 살짝 기대어
쿨쿨 잠든 지구가
일요일만이라도
늦잠 좀 자게.

-'일요일' 전문

이 세상의 중심은 누구일까요? 이 세상의 중심은 바로 '나'입니다. 엄마도, 아빠도, 친구도, 선생님도 그 누구도 아니고 바로 '나'입니다. 우린 그걸 깜빡할 때가 있어요. 지구가 태양의 주위를 도는 것처럼, 달이 지구의 주위를 도는 것처럼, 부모님이 세상의 중심이라 생각할 때가 있지요. 부모님도 소중하지만, 세상에서 가장 소중한 사람은 바로 '나'랍니다. 동시 〈일요일〉은 세상의 중심은 아이들이며 바로 나라는 걸 말해 주는 시랍니다. 아침 참새들 떠드는 소리에 실눈 살짝 떴다가 그냥 다시 감았어요. 내 등에 살짝 기대어 쿨쿨 잠든 지구가 일요일만이라도 늦잠 좀 자도록 하려고요. 둘째 연의 "내 등에 살짝 기대어/쿨쿨 잠든 지구가/일요일만이라도/늦잠 좀 자게." 놀랍지 않나요? 지구에 등을 대고 쿨쿨 자는 내가 아니라 내 등에 살짝 기대어 지구가 쿨쿨 자고 있다는 생각, 그 지구를 늦잠 좀 자게 해 주고 싶어 살짝 떴던 실눈을 그냥 다시 감았다는 표현, 이런 굉장한 생각을 하는 어린이는 분명 세상의 중심이 '나'라고 생각하는 당당한 어린이일 거예요. "일요일엔 지구가 내 등에 찰싹 기대어 잠을 잔다." 이 멋진 말을 소리 내어 읽어 보세요.

"미안하지만/이 포도는 못 팔아요/오늘 우리 손자들이

온대요."

-'가을 팔아요' 부분

〈가을 팔아요〉 동시에서 할머니는 골목길 은행나무 아래 비뚤비뚤 노란 간판 걸고 작은 시장을 열었어요. 주근깨 돌배, 볼 빨간 사과, 호박을 팔아요. 그런데 손자들이 좋아하는 포도는 못 판다고 합니다. 왜일까요? 오늘 손자들이 오니까요. 이렇게 세상의 중심은 손자 손녀이고, 아들딸이에요. 바로 아이들이지요. 시인은 아이들에게 그 말을 하고 싶어서 이런 동시를 썼다고 생각합니다.

아이들은 다섯 명인데 친구는 오백 명보다 많은 학교

오랜만에
꿀잠을 잤다
꿈속에서 새처럼
하늘도 날았다

반장 선거를 앞두고
어제 민지가 전학 왔다

이제 우리 반은 다섯 명

졸업할 때까지는
내가 반장 안 해도 된다.

-'산골 학교' 전문

등굣길에 만났던
아기 고양이 두 마리

-자, 문제 나갑니다
고양이 두 마리에서
한 마리를 빼면

정답은 알겠는데
나의 대답은
"안 돼요."

-'수학 시간' 전문

〈산골 학교〉를 볼까요. 아이는 오랜만에 꿀잠을 잤어요. 꿈속에서 하늘을 날았답니다. 졸업할 때까지 반장을 안 해도 되는 상황이 너무 홀가분하고 신났기 때문이지요. "겨우 다섯 명 아이들의 반장이 힘들다고?"라고 생각할 어린이도 있을지 몰라요. 하지만 다섯 명이나 오백 명이나 그 책임의 무게는 똑같답니다. 시인인 담임선생님이 다섯 명 아이들을 오십 명처럼 오백 명처럼 생각하며 정성으로 가르쳐 주신다는 걸 알고 있답니다. 아이들은 담임선생님의 글씨를 닮아 가듯 생각을 마음을 닮는답니다.

박수열 시인 선생님은 아이들의 마음을 읽고 꿈속까지 들어갔다 나오는 선생님이에요. 발표 시간 손을 못 든 아이의 마음도 환히 읽지요. 동시 〈발표 시간〉에는 집에 가서 이불 덮고 "저요 저요." 큰 소리로 발표하는 아이가 있어요. 선생님은 들리지 않는 소리도 듣는 귀를 가졌다는 걸 알게 된답니다. 동시 〈수학 시간〉에서 선생님은 "자, 문제 나갑니다/고양이 두 마리에서/한 마리를 빼면" 하고 문제를 내지요. 정답을 알면서도 화자의 대답은 왜 '한 마리'가 아니라 '안 돼요'일까요. 등굣길에서 만난 아기 고양이 두 마리에서 한 마리를 떼어 놓을 수 없잖아요. 아기 고양이들을 슬프게 할 수 없으니까요. 시인 선생님 반에서만 일어날 수 있는 일이랍니다. 시인 선생님 반 아이들은 다섯 명이지만 친구는 오십 명, 백명도 넘는 이유를 알았나요. 아기 고양이, 개미, 봄 동산의 잎눈, 꽃눈, 개구리, 할머니가 밭매는 콩밭의 풀꽃들까지 모두 모두 친구가 된답니다.

단순한 시와 이야기가 있는 시

박수열 시인 선생님의 동시집에는 다양한 시들이 실려 있어요. 〈별들이 사라진 이유〉, 〈얼마나 좋았으면〉, 〈봉숭아〉, 〈축구 하는 날〉 같은 아주 단순하고 간결한 한 줄 시 같은 시가 있어요. 그런가 하면 〈도깨비바늘〉, 〈도토리 키 재기〉,

〈애기똥풀〉, 〈가을 동화〉 같은 이야기가 들어 있는 긴 동시도 있답니다.

지금 여기의 시간은 모든 게 숏, 숏, 숏, 짧아지는 시대예요. 긴 책도 5~10분 요약본이 나온답니다. 하지만 신속성과 시간이 필요한 집중은 상호보완적이에요. 단순 간결한 시는 그냥 태어나는 것이 아니죠. 집중력과 생각이 제자리를 잡고 성숙해지는 '내버려두는 시간'이 필요조건이랍니다.

아이들 오는 소리 들리지?
떠날 기회는 딱 한 번이야

엄마가 다시 일러 줄게
바지에 닿는 순간 콕 찔러
너무 아프게 하지는 말고
아이들은 우리의 친구니까

풀밭에 발길을 멈추면
누군가 바늘을 뽑아 줄 거야
하지만 죽은 척해야 해

밤이 되고 아무도 없을 때

"도깨비 되어라, 뚝딱."
하고 변신하는 거야

꼭 명심할 게 있어
잠시 바늘처럼 살고 있지만
누가 뭐래도 우린 도깨비란다.

-'도깨비바늘' 전문

〈도깨비바늘〉은 박수열 시인의 동시 중 긴 시에 속해요. 5연 12행이에요. 우리 전래동화에 자주 등장하는 도깨비와 도깨비바늘을 연결해 재미있는 시로 썼습니다. 도깨비바늘은 여러 나라의 산과 들에서 자라는 일년생 풀이랍니다. 꽃이 지고 난 뒤 뾰족한 가시 모양의 씨앗이 사람의 옷이나 짐승의 털에 붙어 이동한답니다. 시인은 도깨비풀은 도깨비의 엄마로, 도깨비 씨앗은 아기 도깨비로 사람처럼 표현해 동화 같은 재미있는 시로 담아 냈습니다. 멀리서 재잘거리는 아이들의 소리가 들립니다. 엄마 도깨비는 아기 도깨비에게 떠날 기회는 딱 한 번이라 일러 주며 지켜야 할 것들을 당부합니다. 발길을 멈추고 바늘을 뽑아 줄 때는 죽은 척하라는 말과 밤이 되어 아무도 없을 때 도깨비로 변신하라고 일러 줍니다. 아이들은 우리 친구니까 너무 아프게 하지 말라는 것도 잊지 않습니다. 엄마 도깨비와 아기 도깨비의 헤어지는 장면이 눈에 보이듯 환히 그려집니다. 사물 시, 특히 우리 전래동화를 요즘 시대에 맞게 어떻게 건네 줄지를 생각하게 하는 동시입니다.

사람들이 만든 별이
하나씩 켜지면

하늘이 만든 별들은

하나씩 꺼진다.

　－'별들이 사라진 이유' 전문

　아주 짧은 동시입니다. 1연과 2연은 각각 2행으로 짝을 이루고 있어요. 사람들이 만든 별들이 하나씩 켜지면 하늘이 만든 별들은 하나씩 꺼집니다. 이 짧은 동시 안에는 박수열 시인의 아주 간절하고 긴 이야기와 무거운 메시지가 담겨 있어요. 시인은 드러내 놓고 표현하지 않았지만, 이 짧은 아름다운 동시를 읽는 사람은 누구나 시인이 하고자 하는 마음을 읽을 수 있답니다. 이렇게 짧은 글 속에 긴 이야기를 건너뛰고 함축해 아름답게 노래하는 것이 바로 시의 진짜 매력이랍니다. 1마리의 말이 100마리의 소보다 빨리 달린다고 했답니다. 시는 많은 짐을 운반하는 것이 아니라 단순 간결하게 속도감 있게 메시지를 전하는 것이 매력이에요.

　선생님께 야단맞은 날

　공이 쌩쌩 잘 날아간다

　수비수인 내가 두 골이나 넣었다

축구 하는 날은
선생님께 야단 좀 맞아야겠다.

-'축구 하는 날' 전문

    꾸미는 말이나 특별한 묘사가 없는 동시입니다. 매일 먹는
밥처럼 일상의 말로 쓴 동시예요. 그런데 아이의 마음이 생생
하게 느껴지는 살아 있는 동시가 되었네요. 오늘은 공이 쌩쌩
잘 날아갑니다. 수비수인 내가 공을 두 골이나 넣었어요. 왜
냐고요? 선생님께 야단을 맞아서요. 마음속 감정이 파도치고
있거든요. 고요한 마음은 에너지가 적어요. 파도가 심하게 칠
때 에너지가 생긴답니다. 마지막 연 "축구 하는 날은/선생님

께 야단 좀 맞아야겠다."라는 표현은 박수열 시인과 다른 시인의 차이를 나타내 주는 것 같아요. 아마 다른 시인이라면 마지막 연은 버리고 동시의 제목을 '선생님께 야단맞은 날'로 했을 것이라 생각해요. 결구가 박수열 시인의 익살이 살려 낸 시구라고 생각해요. 이게 바로 재미를 살려 내는 시인의 일상화된 언어 구사와 문체의 힘이 아닐까요.

박수열 시인의 첫 동시집 《병아리 외계인》 여행을 하였습니다. 평생을 어린이들과 아동문학을 사랑하며 살아온 시인의 마음속 동시나무 숲을 들어갔다 나왔답니다. 마치 넉넉하고 따스한 시인의 마음속 여행을 한 것 같아요.

박수열 시인 선생님의 동시의 특징은 무엇보다 아이들의 마음을 읽어 내는 데 있다고 봐요. 많은 시가 선생님의 따스한 눈과 밝은 귀가 찾아낸 동시입니다. 선생님은 아이들 마음뿐 아니라 평범한 일상생활과 주변의 자연 속에서도 시를 가져와요. 감각을 자극하는 강하고 화려한 묘사가 아닌 늘 먹는 밥 같은 일상어로 쓴 동시입니다. 그런데 그 시어와 시구는 읽는 사람의 마음을 든든하고 따스하게 해 줘요. 배고픈 아이가 엄마가 차려 준 음식으로 식사를 한 것처럼요. 이 모든 것은 선생님 가슴속에 담뿍 담겨 있는 아이들에 대한 사랑에서 왔다고 생각해요. 아이들을 가장 중심에 두는 세상을 받아들이는 자세와 한결같은 사랑이요. 투박한 듯 부드럽고 바위처럼 단단한 듯한 선생님 가슴에는 따뜻한 눈물샘이 있답니다. 한 명의 아이도 백 명처럼 사랑하던 시인 선생님은 졸업식 날 아이들이 웃으며 떠날 때 펑펑 운답니다. 아이들은 선생님이 졸업을 못 해 운다고 말하지요. 선생님에게서 배운 익살이지요. 선생님 동시의 특징 중 하나가 바로 결구의 반전과 익살이기도 하거든요. 독자의 예측을 뒤집는 결구의 반전과 웃음을 불러내는 익살. 너희들, 세상의 어린 것들이 바로 세상의 중심이란다, 그러니 웃음을 잃지 말고 살아가라는 것이 시인 선생님의 귀한 메시지가 아닌가 해요.

지금 시대는 도시와 산촌, 국내와 국외, 지구와 우주의 시공간의 간극이 없는 시대가 되었어요. 선생님 동시에 〈병아리 외계인〉, 〈얼마나 좋았으면〉 같은, 지금 여기 어린 독자들 감성에 가까운 새로운 시가 보이는 것은 아주 반가운 일이에요. 다음 시집을 기대하는 이유이기도 합니다. 첫 동시집 출간을 진심으로 축하드립니다.

동시 노트
-낭송하고 싶은 동시를 적어 보세요.